2022 年度温州文化艺术发展基金资助项目

地平线

郑仁光 —— 著

台海出版社

郑仁光

浙江瑞安人,诗歌散见于《人民文学》《青年文学》《山花》《星星》等杂志。浙江省作家协会会员。入选浙江省"新荷计划人才库"。

诗人是动词，或无遮蔽的夜

霍俊明

> 动词：我只是我的一种可能
> 我在我的视线之外
> ——郑仁光《动词》

郑仁光比我小三岁，我们相识已经超过十多年，但每次在温州的夜色里或海浪冲涌的岛屿上我们谈论的仍然是诗。在这个重活动、重交际、重流量、重声名的诗歌浮躁生态中，这一纯粹的交往显得多么奢侈而难得。在我看来，能够真正谈论诗歌的朋友是值得信赖的，起码在信仰、精神和思想的层面是如此。

此际是春天，大风通过燕山山脉直接跨越旷野后撞击着楼宇和玻璃，山色日显葱翠而鸟鸣不绝，我却要隔着一段围墙在这里待上三个月的时间。我的视线止于眼前数公里的这座燕山山脉。于是，再次端详郑仁光诗集打印稿封面上的"地平线"三个字我就有了格外真切和惺惺相惜的感觉。尤其读到"听户外风声一日日长大／一座座山峦起伏又隐去……"（《阴雨天气》）这句的时候我异常惊讶，这简直就是为我此刻的境遇提前写出来的，或者说一个人曾经面对的空间和精神氛围同样也是他人正在经历的，也许这就是诗歌共情的力量所在，如动词、如杠杆，撬动我们的日常和神经……我找到诗集中的这首同题诗《地平线》，这是给战后德国哲学家汉斯·布鲁门贝格（1920—1996）的献诗，也是郑仁光的诗歌中最具精神分量和哲性之光的作品——"要经过怎样的劳作，／才将一个陌生的世界变为熟知。／死亡磨透的夜，骄傲的甜根／还没有从酒杯中长出。／地平线没有颤抖成嘴唇，／语言还没有派生、用坏，／飞去来器都还能回到手中"。

值得注意的是，郑仁光不乏精神层面的深度意象的诗作，尤其当他的目光面向那些哲学家、宗教人物以及作家的时候。据传说，1982年的一个夜晚，一头毫无来由的狮子出现在汉斯·布鲁门贝格的书房里并成为他余生最为亲密的伙伴。这是小说家杜撰出来的还是哲学家的幻梦？实则狮子和哲学家一起构成了一个谜思。是的，我们总是在时间和空间中运用诗人格物致知的能力以及特殊的视野和襟怀来面对或重新发现这个世界，同样，语言和诗歌也有其自身的命运。那么，问题就来了！诗人该如何在语言、修辞和想象的世界中托付、寻找或重塑另一种生活、命运以及精神视界？人与诗如何彼此支撑、共生又相互拓展？人如何在诗中安身立命？而诗歌又如何在精神、命运和灵魂层面替代我们生活？此时，我想到郑仁光诗中的一句话："我尚未在语词中安下心来"。

郑仁光诗歌写作的起点在1998年左右，收入集子的《灯光》等诗就是那时候的作品。一个写作了二十多年的人很容易坠入惯性，或者是不自知或者是难以挣脱，由此考察一个诗人是否具备写作的勇气就变得至为关键。于是，在郑仁光诗集中我注意到篇幅最小的一首诗——仅仅三行："夜色降临乌鲁木齐 / 想和雪说话的人 / 已经融化"(《无》)。众所周知,诗歌的行数越少所受到的限制反而越多,相应的难度也就越大,完成度是对小诗最重要的考核标准。郑仁光还能够在这样类型的诗歌中予以冒险,可见其仍然有着持续的打破惯性和平稳状态的创造力。沿着郑仁光近些年的这些小诗写作——值得注意的是他有为数不少的"四行诗",我感受到诗人的节制力以及诗歌中随处可见的缝隙和空白,诗歌也有了越来越多的可能性。"少即是多"已经在郑仁光这里获得了可靠的验证。比照以前的郑仁光,他的诗歌也经历了一个相对繁复的阶段,诗歌中的枝蔓还没有全面斩断和芟除。

由郑仁光的"地平线"或精神视域出发,他所提供给我们的景观或愿景是什么样子的呢?

诗集分为"夜阑微雨""南方叙述""山海微光""时间节度使"四个小辑,我们可以约略感受到时间和空间以及生活、经验、观念以及想象方式所携带的个人特征。有时候我们很难完全区分一个人诗中的日常性和精神性,甚至二者往往是融合、缠绕在一起的。通过诗集开篇的《不再有》一诗中的"水手""舢板""潮汐""海边""湖滨"以及其他文本中的"岛""山""台风""阴雨天气""白鹭",我们又可以初步感受到他相对意义上"南方叙述"的地方性氛围和精神性格、观看路向,"北方以烈度,大面积种植和推进;/南方徘徊、游移,一座小小/花园要踩出迷宫般的脚步。/可不是吗,在南方很少能从/一条路看到无穷的远方,/烟瘴之地更需要迷人的微笑"(《差异》)。这也印证了德里克·沃尔科特所说的"生活的边界正是语言的边界",诗人要想对此予以突破其难度是可以想见的。而"平原""乡下""田野""村庄""小镇""父亲""母亲"等这些已经显得非常老旧的词语和场景也来到了郑仁光的诗中——"最初的风景,我出生于其中的这些靠着小工场苟活一气的村镇,它们往往要接近午夜才停下车床循环往复的动作。"(《风景》)显然,这是一代人的生存经验和时代记忆精神对位的过程,而诗人的责任却不只是回溯过去时态的"风景"和追挽"土地伦理"和"大地共同体",而是在发问中解开现实的谜团和精神梗阻——"在温瑞平原,没有名字的河流尽头/淤泥伸进大海。他们不停篡改/在河道里修路,龟壳上施工。/差遣轮子替代舟筏,画下斑马线/镇压地面下三米处的波浪。/注定被夺命的人,死因从/淹没改为撞击。铲车和推土机/不断覆盖口音和心智"(《摆渡》)。

即景的、感官性的、匆促的、风物的诗一次次来到当代诗人这里，诗歌的深度、广度和精神能见度因此而受到遮蔽。诗人应该类似于张岱、苏东坡和八大山人式的夜行人或夜航者，在夜路、水路和黑魆魆的井口，他对可见之物以及不可见之物需要具备额外的突出的精神能见度。反之，如果一个诗人不具备见识、精神难度乃至思想难度，即使技巧再高、语言再绚烂又有什么意义呢，诗歌不是杂耍，诗人不是街头卖艺的，诗人必须具备反复开掘的能力，既是对世界、环境、社会和人性、疾病、死亡、未知的挖掘，又是对词语、记述、想象力的掘进。换言之，诗人要具备回应内心和现实的能力，而这种回应显然更大程度上也是语言学和现象学层面的，而非社会伦理层面的。郑仁光曾经如是说："——如果眼泪能让时代稍作停顿／我愿以双眼交换这片风景。"（《无题》）这些指向时代景观的诗中蕴含着一个诗人热切的及物能力——比如生态、速度、城市化，携带了一个人对现实和时代的理解。郑仁光一些诗作中智性因素参与或渗透得很多，也提供了更多的审视自我以及勘问世界的角度，这避免了滥情易感和自我膨胀的危险趋向，也拓展了诗歌的精神层次和纵深度。与此同时，这与一个人在词语和世界中的站位、取景框密切关联，侧身而立的话会迎来更多的空间与可能。

在郑仁光展现的风景和精神视域里，我们大抵可以看到一个诗人自觉的中年经验和理性法则，在不由自主的瞻望和叹惋中，世界、自我以及人性都逐渐恢复到原生的状态，存在大于诗意，消逝的远远多于美和善，而此刻和当下是如此的不确定又如此容易耗损、如此困顿。这甚至成为郑仁光近年来诗歌的大体精神路向，比如："我无法在世界中开垦出我的花园"（《我的花园》）；"未来迟于我的看见"（《向冬》）；"这么多手作之物，试图取代原型"（《人和月》）；"中年又蜕一次皮"（《背离》）；"一代人的中年／仅是另一代人的起点，自然没有／更多秘密留待发现"（《山中谈话》）；"一些从未尝试的地域／将不再走近，一些不确定性／不再从越发清晰的景深中／得到回应"（《从山上回家》）。正如诗人坦言的"风景呈现的目的当然是被看见，无论踟蹰、进退、盘旋、虬结、下沉，我的困境在于，既不乐意代入情怀的公式去看，又没有足够的依据说服这些无声的匍匐者。"（《风景》）这就再次携带了对日常诗性的拒绝，当现实生活中精神辨认意义上的回应和回声越来越少，诗人就会越来越习惯常识，而对于郑仁光而言，对存在真相的坦陈正对应于对存在的疑虑以及对时间乃至自我的不信任，"我们从未拥有过一个城市／不论温州还是上海，不论／消耗了整个少年还是成年的一部分"（《周顶国从上海回温，在午夜》）。甚至对于郑仁光来说，他的诗歌还有着对"绝对精神"的对话或倚重，比如不时渗透出来的宗教感和精神意志。由此，其诗歌中频繁出现的"夜晚""暮色""黄昏""七月""十月"等时间背景就对应了精神和存在的景深——而非物理层面的线性时间的直接呼应，表象、心象以及幻象也就一次次获得了深度观照所赢得的精神内核，这是去蔽和照彻同在的精神过程，"艾洛希姆进行着，他使用／动词，无遮蔽的夜"（《山中之寺》），"你要向上／而教堂的尖顶仍然耸立／／不要打搅那些宁静者／他们有自己的重力法则"（《台风》）。在此意义上，诗人和写作都属于"动词"，它们共同指向的是去蔽和发现的过程，这需要精神重力以及引力双向展开，甚至对于真正意义上的诗人而言，这一过程是内在化、自我化的精神过程。换言之，写作类似于个体的精神事件，是对个体主体性的张扬，而这更多属于静水流深而非一瞬间的顿悟、照彻或神启精神的垂直猝临。

如果诗人是动词是行动,那么他必能穿行和洞透黑夜以及自身的精神渊薮。望着窗外的夜色和远山飘忽微渺的灯光,诗人仿佛贴着大风中玻璃窗一边呵气一边发问——

你所记忆的从不是你

我们构造世界

还是世界构造了我们

　　——《记忆》

2023年4月写于北京北郊山中

目录

第一辑　夜阑微雨

不再有 / 003

无 / 004

我的花园 / 005

箴言 / 006

灯光 / 007

风说 / 008

夜航 / 009

舞 / 010

无题 / 011

建造一个人 / 012

三月 / 013

尚未 / 014

棍子 / 015

向冬 / 016

人和月 / 017

山寺之夜 / 018

夕阳西下 / 019

蓝色 / 020

舌头 / 021

到乡下去 / 022

岁末 / 023

鱼 / 024

少年 / 025

夏天热 / 026

黑鸟 / 027

题友人转发某八十老者油画 / 028

飞行 / 029

暮夏 / 030

等我的身体赶上我 / 031

运河上的婚礼 / 032

送丧（之一） / 033

送丧（之二） / 034

故事 / 035

电梯 / 036

预先写就的葬词 / 037

见可见 / 038

第二辑　南方叙述

台风 / 041

动词 / 043

一个男人就那样死去 / 045

存在的某些方面 / 046

阴雨天气 / 047

转述者 / 049

由观看车辙而起 / 050

一次从外婆家回来 / 052

诗人 / 054

纸牌记 / 055

戏文木刻 / 057

秘密 / 059

破碎 / 060

南方 / 061

手术 / 062

画皮 / 064

病中代书 / 065

十月 / 066

你和我 / 067

台风之二 / 068

登高 / 069

致词 / 070

换手机 / 071

高速的铁 / 073

雾霾南北通用 / 075

春迟集句 / 077

在布哈拉 / 078

在海上 / 080

海鲜的几种吃法 / 082

龙船 / 084

讲故事的人 / 085

街区 / 087

制陶的女人 / 088

差异 / 090

月 / 091

去武当山 / 092

鹭 / 095

茶山即景 / 097

玫瑰 / 099

模拟 / 101

来南方 / 103

一棵草木灰和牛奶浇灌的苹果树 / 105

摆渡 / 106

台风夜 / 107

父亲 / 108

一个历史主义的囚徒 / 111

从山上回家 / 113

洗头和虔诚 / 115

周顶国从上海回温,在午夜 / 117

山中谈话 / 119

在南方,我只见过一次麦子 / 120

第三辑　山海微光

苍茫暮色 / 123

走吧,朋友 / 124

春天 / 125

天空带来雨 / 127

速写 / 128

记忆 / 130

我们 / 131

衰老经 / 132

门台 / 133

背离 / 134

移监 / 135

很多 / 136

一周 / 137

对,你是对的 / 138

偏移 / 139

蜂群 / 140

四月 / 141

一部电影寻找一支歌 / 142

变慢又变快的时间 / 143

七月 / 145

求祝 / 146

变化 / 147

在湖滨 / 148

距离 / 149

凉意 / 151

河水流 / 153

盲歌手阿莫斯·巴蒂 / 154

西行 / 155

地平线 / 156

雪 / 158

去往 / 159

岛 / 161

惶惑 / 162

这一天 / 163

修辞的种种可能 / 164

他 / 166

无数天中的一天 / 167

常念 / 169

从一棵果树开始 / 171

病和药 / 172

为了 / 173

第四辑　时间节度使

时间节度使 / 177

代后记

风景 / 185

第一辑

夜阑微雨

001
———
038

不再有

不再有水手,舢板已被放逐

不再望见遥远的出生地

精灵们把潮汐运回海边泥的洞穴

不再有牢不可破的美

已经落下的日头运回被废弃的一天

2018 年 6 月 18 日

地平线 **无**

夜色降落乌鲁木齐
想和雪说话的人
已经融化

2015 年 11 月 3 日

我的花园

冬天以白色给大地施洗

把造物翻译成雪、泥浆、冷

放出阴郁奔腾的森林

哦,或许可能似乎

我无法在世界中开垦出我的花园

2016年9月25日

地平线　**箴言**

那造你的，

以色彩管理世界，分配音阶；

你的所见是递降的阶梯，

每日开合的眼皮，把世界放下又提起。

2017年1月11日

灯光

对面的环保局亮起了灯
三年来是第一次
灯火一层一层蔓延
绿色的光要说话

1998 年 5 月 5 日

风说

<small>地平线</small>

塔已经倒了
语言日夜收拾新的枪尖

你是天上垂下的钟摆
敲打果壳中沉睡的种子

我的大地上
满是丢弃的石头与河流

2016 年 10 月 3 日

夜航

千万口深井向下窥探
小镇将绵柔的光喂给黑暗

我不知道,我要说些什么
街道向着夜空展开,日复一日
没有终点的静默
等待一声判决

2016 年 12 月 4 日

舞

<small>地平线</small>

没有盾和斧子

无法变身。我舞,

需要看见。被看见的

是身体挤出来的果子——

线条吐出渐次圆润的秘密,

直到开花,扰乱少年的夏天。

有时挤出病与乱

有时挤出一条河,

蒙着脸

浮满湿润的哭喊。

2017 年 2 月 15 日

无题

天空中墙纸剥落

哦,雨中的豆娘!

波纹,河面上小小的问候

一切已被回答,被眷顾

——如果眼泪能让时间稍作停顿

我愿以双眼交换这片风景

2016年12月4日

地平线 建造一个人

建造一个人,需要抹角

需要玄关,需要盲肠

需要一段退化的尾骨

需要一声闷雷,从人形中炸出一条河流

2017 年 1 月 5 日

三月

火焰拦江
夕照对着旧江山独自出神
白昼在花间振动双翅
多热闹的,雨水也赶来参禅

2017年3月26日

地平线

尚未

看着果树腐烂
看着灯光照在空空的大厅
看着他们赞颂枝繁叶茂

我尚未在语词中安下心来
我尚未甘愿在深潭望见空气与海
在我尚未从各种山林中退出
在我尚未从无法遏止的野望中退出
我尚未甘心接受爱与窒息
在我尚未把这些糟心之物
接受为我的脐带

2017 年 11 月 27 日

棍子

棍子和地面之间,必须
有一个夹角,才能
撬动阿基米德;
你和世界之间,也必须
有一个夹角,允许
阴影用力地通过

棍子不是为常人
准备的。正如
我们何曾得到过允许
去使用我们。

2017 年 4 月 21 日

地平线　**向冬**

十月,攀高的果子落在地上。
秋的田野竭力而行
欲将自己拔出向冬的泥潭
树木行在林荫深处
如同一切仍旧茁壮和
已逝之物行在你的眼底。
未来迟于我的看见
每一身体的弹药
都用来填充无尽绵延的夜。

2020年1月6日

人和月

调和的幻乐,和解的借口
史蒂文斯的坛子取代十字
乌有之静美分配节律和秩序;
只剩微弱的引力在你我之间徘徊
那么多手作之物,试图取代原型。

2021年9月21日(农历中秋节)

山寺之夜

<small>地平线</small>

你我叠加在镜中的脸
一个通向秋天的平原

群山中置入这座寺院
像蜂群得到了王蜂

艾洛希姆进行着,他使用
动词,无遮蔽的夜。

2020 年 10 月 12 日

夕阳西下

夕阳西下,孩子们小心翼翼
爬上想象中的滑梯,又从
另一边回到地面
四季在心中从未存在

2000年6月8日

地平线 **蓝色**

蓝色是看得见的黑暗

蓝色保护白色

使之免于天真

大多数情况下我们是看不见的

2007年2月12日

舌头

渴望着尝鲜

又根本上拒绝，不熟悉的事物

喉咙深处翻滚，致死绞杀的身体

矛盾又相爱的统一

2008 年 1 月 31 日

地平线 ## 到乡下去

密叶分开天空

拖拉机突突刺入林荫

早稻熟,鱼儿上岸

这样的季节,到乡下去!

2013年5月19日

岁末

田野透支静寂
村庄都飞起来
(像天上龟裂的帆)
一年就这样走到了岁末
带我们去恒久的睡眠

2008年11月18日

鱼

地平线

鱼在水里活着

除了游泳一无所有

我在人群中

除了自己,没人知道已经来了

2013年8月3日

少年

最终，他们都会离开
去检验未成形的世界
而把你一个人留下
留在无可躲避的晚年中

2013 年 8 月 5 日

夏天热

<small>地平线</small>

夏天热,人心膨胀得远一些
疆域膨胀得也大一些
城市和城市在汗流浃背中远远离开
我们隔着许多湖泊和山峦
谈论天气、女人、地震、
股票涨与不涨的问题

2013年8月7日

黑鸟

我不知道哀恸之音
词和曲各占多少比例
我不知道要累积多少空忙的白
才有一只黑色的鸟从身后出来

他若有备而来,
他就不会来到世上
人世间没有我的高拱和低檐
也没有埠头,和远舟

2019年2月3日

题友人转发某八十老者油画

地平线

下午四点

慌乱的色彩挤出画框

在行道和树枝上涂抹

他摄取临湖的风

从纠结的白发中抓出暗影

每一笔都带上迁化的味道

2014年5月24日

飞行

扑进大气
像一根手指搅动造物的薄汤
天空在那儿,无法寻获

每一个飞行的梦
都在机舱中睡去,在地面醒来

2014 年 6 月 13 日

地平线　暮夏

暮夏打着哈欠

在山间长久地徘徊

草叶变凉

准备用一夜思索

向清晨憋出几滴露水

狗咬着树影拖得满地都是

村里的灯亮了

2014 年 11 月 16 日

等我的身体赶上我

歇一歇,等我的身体赶上我

等我的丝线赶上针

时间容不下咳嗽

食盐粘不住饥馑

哦,缓慢的身体

衰弱、抽烟、恋爱

为生存假装无辜

你不叫温暖湿润的洞穴

你是暗藏狡诈的公牍

你有理直气壮的责任和命令

拖着我,在清凉的世上行走

2009年1月10日

地平线

运河上的婚礼

哦，何时能看见？
是月夜，心中的依靠
老虎在平原上嗅探春天
尘土系住尘土

唯一的住址，身体
无法泅渡的无边咸水
为这一世安稳
就这样，吻下去吧

2014年2月2日

送丧（之一）

妻子和姐妹禁止入内

那是他的过去

泪水洗不净血管中

四处游走的离乱分子

只有子女，让火给他们上最后一课

他用半年消瘦和挣扎

逐渐移居到这只小木盒子

2014 年 3 月 16 日

送丧（之二）

地平线

身边的出生渐渐少于消亡
人间怎会越来越丰富
回山的人，送走你还留在世上的部分
一口气，一阵去而不返的风

2015年8月13日

故事

抽支烟才算醒来

穿好多层衣服才算一个人

无法自证的事

需要故事来说明

说好多故事，才算一生

地球一直斜倚在那儿

如果上苍连光都收走

怎样才算看见

这颗蓝色的孤独者

2014年12月20日

电梯

地平线

把世界的这一部分

吞进又吐出

是我在打开　上上下下的快乐

空气演算着

一道沉默的数学题

答案是 13、14

那些并不存在的楼层和数字

"我醒着,计算多余的不幸"

2017 年 4 月 15 日誊抄旧稿

预先写就的葬词

她按照悲喜参半的剧本
活完既定年岁。她很多次
从牧师手上接过盛葡萄酒
的杯子和碎饼,相信
会成为整体的一部分。她跪下来
祈祷,为儿女们像一块净肉掉进灰尘。
这是他给她的门票,
而外公已在一棵树下等待多年。
我们希望世界善良永不老去
现在,这里已不需要她的微笑和哭泣。

2018 年 1 月 13 日

地平线

见可见

——《易·说卦》云:"离也者,明也,万物皆相见,南方之卦也。

看到黑色－＋

看到黑色＋－

塌缩瞬间看成不变永恒

相互作用可见之玻璃

痛的三角形吗,甜的椭圆形

凭借一种公约数,我们交互并吞吃彼此

2021年5月15日

第二辑

南方叙述

039
——
120

台风

你从那儿回过头来

冷峻　高拔

像不可亲近的事物

围着自己的中心跳舞

众事物中唯一的上升者

为把自己彻底拔起

呼喊得声嘶力竭

台风

像一匹匹牝马围着木桩跑动

一边把辫子解散，尘土飞扬

你要向上

而寺院的塔尖仍然耸立

不要打搅那些宁静者

他们有自己的重力法则

地平线 他们属于尘世

仍会紧紧地抓住土地

1997 年 10 月 23 日

动词

像一段循环播放的影片
  没有终止和起始；
从街角溜出
  瞥一眼，迅速滑过街面

海藻，连绵不断地纠缠在
  人们的日常行为中；
动词，终于为事件所缚
  翩翩的蝴蝶停在了一棵塑料树上

棕色的马、栗色的马都散入草原
  有时也像镜中的一滴水
等待日照的一刹那。跌跌撞撞，
今天它忽然发现了自身的虚空
  它只是掘斗，不是挖土机本身

所有的原子还要归向核心
  该怎样劈手抬腿

地平线

遵守最初许下的诺言

　　动词：我只是我的一种可能

　　我在我的视线之外

1997年11月6日

一个男人就那样死去

一个男人就那样死去
早晨就有花圈传遍了大街

一个男人就那样死去
被两片迅速移动的时间挤成了碎片
我在中午吃饭
一个男人望着渐近的卡车瞳孔放大

一个男人就那样死去
而有一只小拳头在我内脏骚动
像一个孩子看见了五颜六色的灯谜
他在那里欢呼雀跃
撕扯着喉咙里的灯泡
旁观者白：时间的摩擦系数太大

1997 年 11 月 9 日

存在的某些方面

<small>地平线</small>

诸水。诸事件。诸面孔。诸呼喊。
五根手指挥在空气中
点点数过这空
像石斑鱼身上的许多眼睛
阳光缕缕毕现

阳光里男人生活。打呵欠。空空。
跨出一大步。探戈。鸟
正激情涌动。被盆地包围。

终于引蛇出洞。死
像细小的雨下在黑夜里
小小爬行的开始
咚。

1997年11月9日

阴雨天气

我该从哪里开始
　　又在哪里结束
汽车最终会到达站台
而我又冷又长,截不断
　　这无端的水流

我迎着双手
去找这无端的声音
一个个橱柜都为我无声打开
展现他的"疾忽"和"空白"

我不断询问
翻过栅栏跑向马路中央
拥挤的车流中掉入自身重量设置的陷阱

我像钟表慢慢走动
任何一个时辰也总会到达
但现在是冬天,只能坐着

地平线　听户外风声一日日长大

一座座山峦起伏又隐去……

1997 年 12 月 4 日

转述者

从六楼俯身探街。看见对面
走来一对老年夫妇。女人
正把什么放到男人手里。他们谈着
菜价煤气,在回忆中打发走
一个快乐下午。

现在轮到一个半小伙子
上场。他将在自己的叙述中
触摸真实。他说自己
看见了一对老年夫妇,他说自己
抓住了某个细节……其实他,
什么也没做。他不过是
一个语词中间商,靠转手投机
发利,并在自己的叙述中眩晕。

从六楼俯身探街,看见
一对夫妇匆匆走过。然后
目光被某物所劫,仅此而已。

1997年12月31日

由观看车辙而起

〈地平线〉

它抽象,平衡
二维的平面上
四条车辙,分属
卡车、摩托和自行车

但它并不能脱离世界
半步。它只是事物的影子,
遗忘在童年的纸鸢

摩托持重、自行车取巧和卡车的笨拙
千差万别的动作造就同一种
效果。谈虎色变,听到
雷声,嘴也会模仿着张开

车辙陶醉于自身……
当我想着呼吸,只是
另一个呼吸的衰竭
具体的雨正渐渐填平路面的空白

每一事物的背后

都有一个要赶上他并和他结合的十字。

1998 年 1 月 21 日

一次从外婆家回来

一次和父亲从外婆家回来,
　　出了灯火通明的小镇走上便道

那是大年初四的晚上。天已经
　　黑得摸不着头脑

靠脚探着路。看见
　　打火机的亮光,一次、两次

风吹得凶。我想那人
　　一定很烦恼;

忽然他迎着车灯走,看起来
　　就像凑上去给自己点烟一样;

我的惊呼还没出口,手脚冰凉的感觉
　　来不及凝聚,一切就结束了。

父亲握握我的手，说：没事。
　　一个转身，车轮就呼隆闪了过去

我暗暗责怪起那人的轻率
　　如此轻易地将自己一次交给死亡

走过一段干路，看见一排忽明
　　忽暗的大房子，就走进灯光里了

有时我暗自想，责怪他人的轻率
　　是否也是一种轻率；
我们无从把握
　　对真相，出生得太晚
　　对流逝，又行动太慢

1998年2月10日

地平线

诗人
——给花药栏

迷宫中遗忘的线头

尚未到达的光束

是风眼聚拢风暴

一次性离岸结算

诗人是一小块白面包

再没有比冬天的水更渴

需要单纯的供养

需要整日沉湎在幻象中

需要把自己的一生吊起来,切成

段,分派给不知名的生活

2000年11月9日

纸牌记

第二辑 —— 南方叙述

他们捏着牌,深入衰老
的混沌。纸牌流水
构成命运轻巧的匙扣。
我只是听说,他们
在编织一个梦。
被颜色追击的那盏灯,逃进
梦中的排水沟。如果让我
打扮四季,我会通通
刷上草绿色。

风景在身边成长,死亡风暴
暗中消失。那支逃生的梯子
叙述不能替代明天醒来,向外
扩张他们的鲸须

是你抓住了命运的咽喉,还是
纸牌仍旧打出你。
枪支向城里涌去,而我

地平线

从巴格达撤出；
你永远是口袋里的
一只手，不可能抽出来
变回一只铁锹

2003年11月28日

戏文木刻

铜镜中端坐,心脏在看不见的地方
举案、洒水,云鬓叮当
迈不出器皿的精致,方格为圆

你说左窗看花右窗雪
西梁有鱼东梁月
你喜爱苦瓜
只喜爱跟秋藤相爱的我

你和我
是一只手掌享受另一只手掌
是铜钿享受
编织的温暖

为何只见烛台不见青衣
十二年光阴嫁给了空气
你进了房间
却不来问候我

地平线

锣鼓喧天　板腔嘶哑
技艺因雕刻而成熟

为何你如此缄默
闻起来像陈皮，而不是当归
我努力用形式带给你形式
而你已借木遁而逃

2006年5月29日

秘密

不说,是软软的舌头
说出来,是硬邦邦的肿瘤

街上相遇的人
从心底伸出手来
轻握、细语,彬彬有礼相辞而去

懂得秘密的人索取夜晚
懂得秘密的人用时间买单
他们暗笑那些一生喜乐的人
暗笑他们刚刚接触到了人类

2006 年 11 月 27 日

地平线　**破碎**

谁为众星引路

谁捧住乌云卯结的风

谁可在黑夜毫无愧疚地安慰他人

知识之途导向

破碎、混乱、迷失

聆听和践诺永世虚幻

唯行动力带我至壮美之殿

2008年2月29日

南方

相信盲目的歌剧
相信无法拐弯的烟囱
相信美和它带来的辩护

冬天来了我种下膝盖
种下满院葡萄和它的沉默
——傍晚的日光催促着晚风

句号在永远的节令中停顿
如期赴约的
都成熟于年轻温煦的南方

2008 年 3 月 23 日

手术

地平线

谨遵医嘱
护士嘀咕着小医院的误诊
一边摸索静脉
把麻药打进长长的血管

扫除肿胀的淋巴
归拢脏器、肌肉和神经
人工纠正造物的意志
他们先把它撕裂
再让它愈合

母亲和曾经叫妻子的女人
被打发去等待
从早到晚
姨夫抽完两包中华烟
她们帮我记住失去的八个小时

醒来，战栗、痉挛，缓慢的血液
一个月，用吊针和尿袋重新练习生活

2008年5月31日

画皮
——给 L

那时候世界是免费的
妖们从呼吸中逸出
升腾于炊具凝结的蒸汽上
它们摘月亮、吞吃桂花
一会儿变田螺,一会儿变柳树

现在,只需要一次修补
就可以重返人间
从小南门到百里西路
妖们,学不会画胡子的技法
有人变成广告牌
有人藏身中药店

画皮说,我要光!
有光吗?信仰是开太一楼
蹲在玻璃柜子里的
水晶体。它玲珑,但不好吃。

2008 年 10 月 8 日

病中代书

——母病，中山陪护，与某 6 年 7 次癌症病人聊，代书

再见，陌生人
在愚昧和惯性支配的世界
你们一如街市上哭泣的婴童
盲目的人无所不知
他们尚有勇气试探幽暗
我住在人世下游，自甘堕落之乡
行过险恶，只希望和死相见不会太晚

2013 年 5 月 16 日

十月

地平线

加油——跑啊
他在一条长河中游动,拍击浪花
队友们渐渐看不见了
从一亿多人中胜出
这小小的冠军!
继续——朝着一座岛
现在他漂在属于所有人的宇宙

还有十个月,他重复着
吐泡泡、数指甲
对着星星挥舞天空
有时善感,把不新鲜的记忆洗洗
哇——他终于哭了出来
他用哭声抓住了世界

2013 年 5 月 28 日

你和我
——给 FF

你不断说话像一道水波

我踟蹰如失色的云朵

你连背景、道具、人物、天空都统统减去

我像牙齿天天轻叩沉默

你想把影子都卷起来带走

我像沉积岩一层层叠压进海底

到地中心再也无法消化的你和我

2013年6月4日

地平线　**台风之二**

每年,他从东面来

赶上盛夏最末的季节

从海洋吹向陆地

赶海的人,像一勺糖溶化在水里

听见的,是风呜呜地吹

听不见,无数的魂擂着土地的声音

2013 年 8 月 22 日

登高

门口两棵树

枝叶低得擦到了车顶

登高,一架木梯送他进入树冠

他要去修剪一个膨胀的梦

树杈带着重量砸向地面

天空低垂似沉闷的冬天

向上,树木挣脱沙土

它要向云端伸颈

而我们经久努力

只是骑在这颗星球上的灰尘

2013年9月7日

地平线 **致词**

是的,你有一个手机号

它只接通哭泣

无数电波缠绕的私语

在耳中竖起一道墙

我们倒退,数孤单的来路

只有云知道

它在哪儿感到沉重

就在哪儿颤抖着

被大地拉进怀抱

2014 年 9 月 7 日

换手机

手机终于彻底坏了
愤怒时用它砸过墙壁
十几年来,一直警惕体内的雷霆
少年英勇长成越来越多的骨刺

现在,凭着管道工的耐心
一点点除去锈迹,维修记忆
转移电话号码、短信、照片
再给它们一个新的保质期

一些号码拥有沉默的美德,存下就没有打过
一些号码簇拥出一张张纸币的脸;
几个阴沉的签章,躲在地方短号里
一堆陌生来电——开票、办卡、炒股炒金

一个号码每月按时提醒,到十八岁就给你放行
一个号码几经失联又突然闯入,不说话不回答
用沉默倒带——798、东营、酒厂、宋庄、壹号地

地平线

一个号码在水上被关了十年
一个号码总压抑抽泣——一脚油门
五百公里,去看望乡下工厂……

——也会有一个号码,在晚年的那头等你
带着亲人的性质和体温

2015年8月15日

高速的铁

第二辑 —— 南方叙述

一行台阶把我带往地底
黑暗挤压脚面
阴冷的甬道，装满恍惚的人形器皿，
梦游者的溪流，
一只只年轻的叼着巢穴流窜的野兽

售票机吐出被选择的行程
故作惊悚的广告，插入脑中的吸管；
电力统治视野范围的一切
大地皮肤上出出入入的针线
修补现代想象

相比沉默的制造者，
你们更愿意相信观点掮客
酒桌上的指挥棒，被充值的智商
资本拍卖无法开口的春天
安检门收缴侥幸的中产认同

地平线

盾构机曾逼退泥土
车轮能否从人群中掘出道路
在海上,每一幢高楼竖起
是水草和芦苇的后退
——大数据精确算计的未来
沿铁轨孤伶伶撤退的祖先和山脉

2016年12月11日

雾霾南北通用

一加上一百就溢出了杯子
还要加上更多的水,让它烧得更旺?
仇恨心过度是可怕的
怜悯心过度是可怕的
对一个会计来说,都不合物尽其用
对一个会计来说,都不合物尽其用
禅化的毒、浪漫主义的毒
必然性的毒

陌生又合理的,
非预设又被选择的,
说了又貌似没说的,
物理的北方,魔法的南方
平坦的北方,垂直的南方
粗糙的北方,平滑的南方
经验的北方,灵感的南方
冰糖的北方,红糖的南方

地平线

南与北,在天平的两端
春天草长得盛,南方
冬天雪下得厚,北方
雾霾南北通用

2016年12月26日

春迟集句
——给孩子们

黑猫追落黄花。春气刚上
把热量压向夏日的弹簧。
新奇的比喻像食罢的
饱嗝，满足充饥的假象。
哈哈，我搅你们像搅拌
一杯杯咖啡。你们乐不可支
一个个笑得像万圣节的
南瓜。

汤蒸水熨，柳枝抽打春风。
只活这一回啊，
向下就是向上？
春日迟昼。你必然拔节，
进入头上的深渊。

2017年1月20日

在布哈拉
——2015在乌兹别克斯坦

荒漠中一座收集雨水的城
荒漠中一座绑在脚上的城
雅利安人来过,塞种人来过
突厥和蒙古人奔向远方的月

黄皮肤和白皮肤在这里混血
黄色的头和白色的头
砌进骷髅台中,搂着疯狂的死亡

他们一点都不惜命
锁子甲中躲藏的是他
燧发枪后开火的是他
打开黄金册页的是他
合上堡门的是他

占据一个人形,总还嫌弃不够
挂在囚笼里,以为到了高处

站在高原之上,并不觉得已高出人间

在另一些国度
伟大的诗人和国王葬在教堂
在突厥的月亮下
再没有人关心衰落与不朽

2017年2月6日

在海上

地平线

趁夜色还没破碎成潮水的泡沫
我们走,到那座岛上去
带上干粮和闪电
带上散在海风里的耳朵
躲开拖网一次次梳理过的人间

海水带着咆哮来到面前
直到遇见克制的岩石
直到岩石像一堵无声的墙升起
风和沙,塑造形体的无需拥有形象
它雕刻我们,雕刻一个肉做的词
把腥味藏进人性

海,破碎成细浪才到达脚下
海岛,留住我们到达陆地的余波
一盏孤独的台灯,在海湾上空
用尽善良,一次次向引力弯下腰去

原谅我,这个第一次认识海的人
只能把岩石想象成人像
把海风想象成缄默的嘴
替代你,接受更久远的星空照耀

2017 年 3 月 28 日

海鲜的几种吃法

海滩,是大海退回来的
一封信。渔船也是。
区别只是,一个是死的,
一个带来死的消息。

海蜇的隐身术不太高明。
举出身体里 95% 的水
表示抗议无效。酱油模拟海水,
再放逐它一次。
对付鲳鱼,通常的
策略是:放糖。辣椒的
反义词也能挑动味蕾。
红螃蟹已经放弃抗议。不管
拧紧的是发条还是瓶盖,都
跑不过边跑边吹牛的青螃蟹

唯一难办的是小章鱼。你无法
想象,一只没有骨头的动物

烧熟后,竟要在牙齿和舌头
之间磨蹭半天,才通过口腔

2017年4月15日

地平线 **龙船**

一下水,岸上的喧闹就有了去处

一下水,肉和骨就有了去处

他要截住流水的舌头

请一个神灵暂时住进身体

鼓点咚咚,敲出

对应节气的暗号

还有粽叶,裹起一颗软心

起因只是一个借口,水手

看不清桨下的幽暗

犹如呐喊容易得见

呜咽总是暗自吞下

一条船只是一条船

当它挥动桨叶

他从河流中再度得到生命

2017年6月2日

讲故事的人

狐狸和白鹤在故事中相遇
狐狸有一张大嘴,白鹤
有尖尖的喙。父亲说
刮台风了,小细儿乱跑会被吹走的
狐狸有尖尖的喙,白鹤有一张大嘴

儿子打同学,砸学校玻璃
爷爷说,我给你讲一个故事吧
狐狸和白鹤都做了豆子
要喂给对方。
狐狸有尖尖的喙,白鹤
有一张大嘴

他讲起了故事,他只会
这一个故事。
狐狸哭着走了
白鹤也哭着走了
豆子没找到回家的路

地平线

狐狸有一张大嘴,白鹤
有尖尖的喙。狐狸
大毛尾巴盖在儿子眼皮上
也盖在我的身上。
讲故事的人
不是狐狸也不是白鹤

2017年8月8日

街区

街道在三月的落叶中颤抖
我穿过一片老旧瓦房
去一家大荆牛肉面馆
或菲嫂小厨解决午餐。
恼人的馊味,正在拐弯的水车
这里,吞吐就是它的一切

小酒馆里无数夭折的谈话
世界微微的眩晕和倾斜。
我们凭拥有的现实
躲避灾劫。几把
用旧的钥匙在桌子上
拼成一个公共人形,
拆卸下来的门把试图抵御
布告,那里不会
有一座残壁被留作哭墙,
以提醒我们再次出生,推开
反复确认的旧门。

2017 年 8 月 12 日

制陶的女人

<small>地平线</small>

撮起一坨泥巴,捏出
一张嘴的形状,她称为器

她没有迷途,却请
一个男人指路。怎样
让一坨死泥惊醒

递过来的茶水里,有一张
看不见的嘴。喝下去
就在你的体内悄悄说话

接受杯子的,也是一张嘴
器皿,盛下看不见的魂和灵
帮助我们消化迷失的身体

它和她,都是暂时的保管者。
这些泥土,反复捶打
破开、揉搓。不经火烧

总能恢复人形

杯子空着的时候
也盛放风声和鸟鸣

2017 年 8 月 28 日

地平线

差异

发现不同事物奇异的相似
和"孪生叶子微妙的不同"
都是快乐的。比如
刀和剑、梨和苹果,
麻雀和燕子、杜甫和李白。
北方以烈度,大面积种植和推进;
南方徘徊、游移,一座小小
花园要踩出迷宫般的脚步。
可不是嘛,在南方很少能从
一条路看到无穷的远方,
烟瘴之地更需要迷人的微笑。

就像一首诗,叙事和抒情必不可少
可是说理,或许因为狡黠活得更长久些。
再比如,为何喋喋不休于苦难
放弃了烈酒的人不一定非得是轻佻之徒。

2017年9月9日

月

夜的水手,踩着
单车升向天穹

裸体的美人侧睡
摩挲封底,而封面
已翻过去。一枚螺钉拧紧
满屏紧张的黑色。有时她是
一根肋骨,取自另一个
白天经过天空的,男人
一个父亲,他的陨落使她圆满

对位法的游戏
或非对称想象
她以圆形@另一个圆形
一千年了,时间之舟
一次又一次登临空无一人的庭院

2017年9月29日

去武当山

地平线

下午把旅程递给绿皮
火车的夜晚。从武汉到襄阳,
铁轨与河流织高纬度。
中国中部无声递进的平原
替换了高德地图上游移的蓝色光斑。

山门内,司机用方向盘练习推手,
带一车拼凑的游客沿山线调息。
而一颗丹心已越过太子坡,
"云岩初步",皇族附丽
门楣破败的孤烟。想要
一睹真相的人,被手机拍照
的闪光一次次覆盖。

导游小旗收拢了行程。
私相授受的神秘手印,表达
远道而来的虔诚。还有
到处抛洒的硬币,在南岩宫

好运更需要手劲和眼力,穿过
一枚硕大的钱眼撞响悬钟。

云翳静止的地方
是旧翅膀的伤心处。
行星离心力甩出去的悬崖
和荡回原处的香炉小舟。
山道上,挑夫向素不相识
的人伸手,他说需要两块钱
给腿脚加油。

缆车把三两散客提向山巅
而我们从金顶步行下山。
下午四点,遇上刚刚抵达山脚
的几拨游客。他们如何度过
这个夜晚,怎样使用
落日的灰烬接驳凌晨?

一切都在向上
林木、签筹、炉中烟
为头上一方青空送行
需要数不尽的白云,安置

地平线

道袍、须髯和没入乱石的身影
乌鸦投向密林,滚动骰子般的命运

2017 年 10 月 20 日

鹭

一道黑暗中的话语

因风挣脱地面

被一瞬的闪光固定

共同的命运促请我们

从同一片空气中索取呼吸

它和世界并不互相依靠

除了飞行,远离草茎的絮语

是什么使它弹跳如激动的锋刃

在空气中,一个听不见的声音

一支悬在头顶的笔?

它和一座岛互相追逐

眼里只有海水

一次虚构的飞翔

没有打开的盒子,未明的生死

地平线

它回到昏睡的星辰底下

——护卫它的黑暗

而辽阔的牢笼正虎视眈眈

2017 年 11 月 17 日

茶山即景

禅院关门
不闭户。一些人
在里面品茶、写字,
手机捕捉笑、荷花
喵的长长尾音。
猫的瞳孔也探察
这些进门来的陌生人
它有多余的一两条命
参与在和不在的话题。
另一些人陷入天气
在阴暗中挣扎、上山
随山势转变步态。
厚底和高跟交替提升视线,
越过肩头,去看
山顶的一株千年茶花
杨梅,红和多汁
混入旗袍和白衣的行列

地平线　一半酸,肯定另一半的甜
　　　刚刚膨胀起来的局促之心

2017 年 12 月 12 日

玫瑰

一首诗把你

从无人省察的沉默中拎出

在想象的花盆中

在还未被售出的命运中聆听

流逝又静伫

离去又躬身返回的声音

攀援的荆棘,光的使者

命名你我。

在破碎、分离的空间

每一个标记过又遗忘的躯体

一个不存在的意象

把我们反复带到同一时刻

它的色彩、形态

不同的名字和发音

它的倦怠和盛放

地平线

你们睡去的时候,我起来了

你是银餐具上的雾气

世界之肺的密度增高影

玫瑰,玫瑰

复数的光线之谜

摇响了铃

2017年12月25日

模拟

他们模拟一个失败的场景
酒模拟血,没有发酵的饼好似身体。
他们演习在天堂里的位置
每月一次。

本地人坐进前排
四川、安徽、江西老乡填满
剩余的空间。他们顺从这样的安排,
从赞美诗的前导拖到讲道的尾章。

搭乘无限呜咽,声音越过
乡下羞惭的木头,肉体的围身。
没有出卖,他不能完成救赎
他流血,把人性还给泥土。

牧师从台上降下,他走近。
他技艺纯熟他的好脾气,
把光线注入每一个身体,他想

地平线　说服倒塌的墙重新站起。

他们满足地离开,沿
黑色河道、直抵耳膜的冲床
路边的麻辣烫,和提前展示的夏装
认领新的愧疚和不安。

2018 年 5 月 15 日

来南方

离开流沙围裹的北方

去一片轻云的南方

我爱着曲折的南方,不是扭捏的园林

不痛不痒的水波

它有提琴的胸部和山峦的绕口令。

去南方,分不清豆娘和蓝花楹的南方

去南方,岛屿断续叙述的南方

到大海边,有足够书写的蓝色墨水

有汤汤水水养你的生和死

来南方,不要带上铁器

这里的绿色已经足够。

不要回头,眼里会长出盐柱的倒刺。

来南方,活出一张男人或女人的脸

来南方,沿洋流的腰线,撤往永恒封冻的国度。

地平线　哦,不能再往南了,往前就走到大海里去,波涛会请你留步。

2018年5月23日

一棵草木灰和牛奶浇灌的苹果树

他无数次触摸到空气里的暂停键
在上海,把两个手机连续拍碎在墙上的时候
在深圳,对着听筒说出有多远滚多远的时候
在河北寿县,山沟沟里找彩色砂子的时候
暴雨中奔波,看见前车开起双闪的时候
在沪杭高速瞥见她把钻戒扔出窗外的时候
塘下下大雨说成塘下落豆腐的时候
带着户口本来又在傍晚哽咽着开车走的时候
说想打胎想离婚的时候
在山东,一棵草木灰和牛奶浇灌的苹果树

2019 年 6 月 18 日

地平线 **摆渡**

在温瑞平原,没有名字的河流尽头
淤泥伸进大海。工人不停修改
在河道里修路,龟壳上施工。
差遣轮子替代舟筏,画下斑马线
镇压地面下三米处的波浪。
水泥挟持砂浆筑一座
高耸入云的塔。
他们不清理废墟,只要
更多的埋下去。他们习惯
以古老的遗忘
摆渡余生。新生的人
在医院、校舍、寺庙
来回倒腾。躲过荒年
长寿就是值得称颂的秘密。
我也每天不停摆渡,在阴影里
打磨桀骜的比喻,回来的
已凑不出一副完整的人的序列

2019 年 1 月 11 日

台风夜

黑胶唱片转动,小镇
在还未落下的针尖上颤抖。
行道树静默,门窗紧闭,
一把绝望的枪,压低嗓音
吐出呜咽的弹道。

无数次台风落进一首诗中,
我们理解这些变化:
并非受难,只因存在经受摧残。

熄灯睡去之前,我想着
天亮前那个驼背的老环卫工
怎样清除一地狼狈
他会从哪儿截住混乱的源头。

2020 年 8 月 7 日

地平线

父亲

父亲是一个篾匠,后来成了翻砂工人
他习惯把一种形状转变成另一种
竹削成篾,铜熔成水。
越来越细小的造物主
已从造物中退出。
清醒时昏睡,沉醉手机上
自动推送的新闻和消息,
相信这些没来由的善意。
他已记不清今朝去岁
有何不同,被造世界
超出他的意料,新生面孔和声音
太过频繁来不及应付。如果
从三十岁开始再活一次
他只需要一只耳朵,听取
有用的部分,免得浪费。

他更喜欢观看,而无力购买。
市井生活的业余选手,不明白

从时空变换中索取差价。
在屋后的一小块水泥地上
他围起泥土，栽种丝瓜，
修补少年时被耽搁的农村记忆。
没有长期朋友，也没有
斗争到死的敌人。
只有一种变化让他安心，米和红曲
在锅中翻滚，沿长长的
管道变成微醺的液体。

那年带我去永强看中医，半路
我突然莫名恼怒，十七公里
要步行回家。我在机耕路上孤单跳跃
父亲裹着尾气和尘土一声不吭跟随。
造物即恶，我的憎恨和他的原谅
无数次暗中交锋。他没有发怒
使用火焰毁灭我的火焰。
一小时车程变成四小时碎步
像追逐一个未完工的世界。

他的世代已痊愈，自信拥有
双重国籍，乡下牧师许诺给他

地平线

天上的黄金街道和碧玉城墙。

现在,他的每一天

都是对死亡的定时拜访

一个迟到四十年的心脏支架

托举起一颗摇摇欲坠的星球。

2021 年 4 月 12 日改

一个历史主义的囚徒

也是轮子,把他带上机动车道。
我从汤家桥路转向
温瑞大道,想着那本忘购的
《尼采如何克服历史主义》。
前面的刹车灯亮了一下,
我下意识松开油门。他从
车流间突然窜出,像云层下
压低的一声尖叫。灰白头发
举起,无辜
不甘心放下的旗帜。
车辆继续挪动,他在双实线
和狭窄的人行道间停驻。
仿佛一个漫长战争归来的老兵
没有得到任何补偿。后视镜继续
分走他的一部分——斯多葛派的
沉默,在每年叶子的黄绿之间腾挪
而我早已到站,没有别处可去

地平线

——历史主义的囚徒

在挤满钢铁和橡胶轮胎的傍晚。

2020 年 1 月 6 日

从山上回家

读诗的激情很快消失了。从山上
下来,收缩进毛孔的体温
又溢出皮肤。冷,一度令他
有超脱的小小欲望。现在他
到家了,读了四首吉尔伯特
摸进被窝睡了五个小时,然后
醒来,发现对人和事都提不起兴趣。
仿佛从老之将至返回青年的密林
他曾期待那儿有一座山谷
收容过失和惊慌。悬而不决的
四十年已计入损耗,与河床争流
的溪水,抬头与低空辩争的细碎枝叶;
小径从山脊消失,带他去黑白分歧的黎明
升起的朝日平衡昨天落下去的夕阳。
一些从未尝试的地域
将不再走近,一些不确定性
不再从越发清晰的景深中
得到回应。他知道,爱只是

地平线

与人性之光短暂相遇。我拥有
一些已知的不幸,不值得一一讲述。

2020 年 2 月 18 日

洗头和虔诚

母亲两周洗一次头发
长得过了膝,洗完还要梳开。
张开手指插进发根,用力向下
像分开吱吱叫的棉线。她控制着

唯一可以控制的长短。
那时我读初中,全镇妇女
发了疯一样没日没夜纺针织衫。
母亲说,金子银子在街上滚啊,
来不及抢。

父亲不会因为一头长发看上她
那时候皮肤越白越有挑挑拣拣的理由
而母亲黄且黑,像刚刚膨胀的谷粒
肿着一张圆脸。我知道她

不能启齿的理由,没日没夜
保持长发表示某种虔诚。

地平线

小时我厌恶,现在可以理解,且悲哀。
哦,还有很多表示虔诚的方式,比如

不能偷看《西游记》,不能去看划龙船
不能去庙里,尤其不能
吃拜过神佛的供品。那一年
美国打伊拉克,斜眼牧师说
肯定打不进去呀
萨达姆,萨达姆,撒旦网①
导弹铺天盖地打不穿它。

2020年3月12日

---

① 瑞安话"萨达姆"和"撒旦网"发音近似

周顶国从上海回温,在午夜

夜里 11 点到达,送搭车的客人
去苍南又折回来。找到他时
正躲在路边排档帐篷下的
阴影里,一边大口抽烟。
说起上海比温州冷
是啊,千万各自孤苦的心
推推挤挤,黄浦江的水哑了。
说起朱家角、金山卫、泰日小镇
一座失火的房子和
被抒情习惯所苦的人。
吃完宵夜,在湿冷的风中走着
他惊讶一路黑到底的街。
是啊,这三十年太用力
所有的光都快用光了。
我们从未拥有过一个城市
不论温州还是上海,不论
消耗了整个少年还是成年的一部分。
每次以为发现崭新的三段论

地平线

以为有汤因比和斯宾格勒

碎片也能拼凑出意义。

我们抽着烟,他不会想到

两个多月后,前妻因为糖尿病死在

床上,留下手足无措的女儿。

我不会想到,在统计学竭力抵抗一场疫病

之外,还有更多看不见的死亡。

2020 年 3 月 16 日

山中谈话
——在雁荡遇振宇

不约而同谈到对臧的敬意
皮浪哲学的肉身,怀疑论
无需陈述,拆毁即搭建
无非七十年产权的过客。
跨过松溪路去对岸,初春
见底的溪涧和孤兀的枯树,
没有诉求也不指向他物。
谢客下笔之前之后,山水诗
都不存在。只是青岩灰树白日,
词语交互的空间,林勃之地无人
站在中文世界的尽头。一代人的中年
仅是另一代人的起点,自然没有
更多秘密留待发现,而元素周期表
还有一些位置,留给继续衰变的原子,
人工合成的轻与重,看不见的射线
扰动微微战栗的空间。

2021年2月4日

在南方,我只见过一次麦子

<small>地平线</small>

那年天一直热,晚稻收割后

村民多种了一茬麦子。

我们折取麦秆,憋红了脸

想抓住空气里的飞翔,尖利之声。

技巧是临时的,巷道像

必不可少的食管陷入村庄的胃部。

放下麦秆,同学们

捡起长竹竿,逐门逐户

从房梁和楼板的缝隙中捣老鼠皮翼

把它们从黑暗中叫醒,赶到光亮里。

我只见过一次麦子,在南方

我跌入两三种命运中的一种,

那稀薄的回声,迫使这些临时的意象

回到它们从未离开过的位置。

2021 年 7 月 8 日

第三辑

山海微光

121
—
174

苍茫暮色

阳光在枝叶上闪烁

像孩子们恋恋不舍

离开黄昏中的街道

我走上了这一条

望着另一条路，在树

丛中沉落——永无期待

秋天来临，心灵成熟

枯叶不安地荡来荡去

——林荫道上春光仍在

槭树啊，提一提这苍茫暮色！

1998 年 12 月 13 日

地平线

走吧,朋友
　　　　——给顶国

走吧,朋友
黄昏正沿着路边的篱笆悄悄撒开
走吧,没人会遇见我们——

一片大水浩荡地展开
路边的白杨也像蜡烛
一支支点燃

无处躲闪的就是这无边的暮色
缓缓展开农村,无边的宴席!
我在暮色中想起你们——
你的静谧、关怀与和解
无处躲闪的,就是这浩大的黄昏
让我吞进,又释出——

1998年3月29日

春天

亲爱的朋友们

你们将怎样想起我

在远处夕阳的照耀下

闪烁这一脉宁静

我的头在透明的大气中

我的脚踩着新鲜和嫩绿

春天在平原上到来,马车驾起

河水微涨

车夫们宽广而明亮;

雪压松枝寂静轻松

今天这失去的欢欣的一切

  明天又回到枝头

走上了道路,我头脑清醒

  四肢健全,

硬币也在口袋里叮当发响

——夕阳燃烧在天上

地平线　广玉兰开在我身边

这世上的道路干净、幸福!

1999年1月10日

天空带来雨

天空带来雨

潮汐带来八爪青蟹

夏季令我们离开

冬季带你回来

你让我欣喜

两襟鼓满山谷下来的风

你是我所爱的每一件事物——

父亲,毫无知觉迎接垂暮

儿子,手脚并用攀爬世界

2008 年 3 月 17 日

速写

地平线

从哈尔滨到温州
火车走一天两夜
铁轨串连起
一个个嚼着黄瓜的村庄和城市

这是在北中国
蓝灰的天咬合着
青绿与黄灰
草甸与河滩

河在土中,树在墙上
发炎的神经,向下
抵触分散的寂静
花朵、果实
跑不出四季接力

夏季已没
旷野酝酿暴烈

穿上维米尔或莫兰迪

容我们藏身于塑料薄膜、农具

和甜蜜的黑暗

2008年9月20日

地平线

记忆

你所记忆的从不是你

我们构造世界

还是世界构造了我们

我们从未热爱过生活中的某天

一代落下一代起来,

我不知道这个躯壳

是否寄存过千百个灵魂

是否寄存过大地、天空;

岩石、树叶;春青、秋黄

终有一日,和上苍的合同

将会到期;

那时请搓一搓这盏傍晚的灯

让烈日下的雷鸣和

雨后的白光更加温暖

2009 年 9 月 15 日

我们

一棵树在窗台前发青

我们名之为春天

而我们是谁?

谁捏造耳朵和眼睛

谁赋予阴影

鸟从地上起飞

已预设跌落

它们命定如此

享受虚空的喜悦

纳喀索斯知道

此外别无依据

雨在旷野上拉琴

细芽媚眼如丝

风把我们吹进

一个个躯体

2010年3月4日

衰老经
——配画诗之一

往空虚中搬运

石头、力和记忆

一个人的衰老经

每一步都要种下一棵树

他需要分离一种格式

世界的格式

从一团云墨中起身

它陈旧,逃离时间算计

2013年8月15日

门台
——配画诗之二

八月带你进门

来的不是送走的那一个

水木易变

一件事物分出两副面孔

它有时沉醉

从易朽的章节中认出我

一日又一日，"天气就像

争吵中一直延续的坏习惯"

我不是身怀绝技的石头

在乡下练习腾空术①

半生寻找根茎，收取和酿造

半生预备假期

野地里犬吠声声

反复捕捉午夜

2013年8月15日

---

①来自韩博《乡间腾空术》

地平线 **背离**

中年又蜕一次皮

架不住松弛倾泻而下

我想朗诵那首诗

说出那个名字

云朵多干净

不像一阵伤人的风!

烟味多苦啊

都是不甘心破碎的味

我从他人身上辨认

他们是填充未知之物的碎屑

没有一面水塘愿意用倒影容留

声音止步于喉咙

我想朗诵那首诗

说出那个名字

2015年8月29日

移监

从另一个城市移到一个城市
从另一个身体移到一个身体

我喜欢的物件：
关节、韧带、通道、锁孔
那个召唤河水从身上流过的人

我因鄙弃的事物与你们相识
我在长久的苦窑中，忘记了名字

2016 年 6 月 10 日

地平线 ## 很多

男人头发是往上长的,女人往下

制造阶梯的人,是反智的

隔绝登天的冲动

跳绳,把自己提离地面

需要一根看不见的绳子

世上还有很多听不懂的语种

在围猎各自的空气

世上还有一些不可名状的癔症

在甄选合适的脑袋

世上还有很多合不上的门

在谈论无法止息的命运

2016 年 7 月 26 日

一周

星期一,朝向不明的两只脚

星期二,是拧巴的一股绳

星期三,挤进一周中间

像一个陌生人

星期四,不能形容的舌尖上甜味

星期五,上升的火要回到地上

如果给死者再多一个星期

镰刀的木柄会否脱落,

在地里开出新的芽头?

松弛的井绳,能否探见人造的深度?

2016年10月28日

对,你是对的

<small>地平线</small>

对,你是对的
按照你的逻辑,你是对的
按照你的逻辑,为何寻求认同
一个房间需要家具去呈现
一个下午需要一泡茶去呈现
一个名字需要身体去呈现
一双脚,需要磨蹭的路去呈现
——每一块已经铸成的墓碑
都是尚未出生者的敌人

2016年10月28日

偏移

我写,不是诗人
我 X,不是动物
三十八年,我一直模仿
朝着冬天的玻璃,学习呵气

他们让我看,《在约伯的天平上》
我没有翻完,我是天平

我让自己看,汉斯·约纳斯
哈纳克,我不是舍斯托夫

不读,不围炉夜话
不量子纠缠,向着一个不存在人间的小小上帝

我每天醒来,准时在世上出现
已经三十八年;
我将老去
——我还没,准备好出生

2016 年 12 月 4 日

蜂群

地平线

长久的阅读

把我编列进静默的次序

用尽力气与呼喊

睡眠仍把我

从两片浑然一体的白光中剔除

草木不识我

没有一棵树,愿意收留我的病句

蜂群轻佻的刺针,试探盲目的白昼

我走出门,涌动的胸膛

用呼吸,抵抗涌上来的静

2017 年 2 月 15 日

四月

四月,吐出的胆汁染绿了山川

只有风知道,我是

底片上尚未曝光的部分

你是远景中起伏的一条曲线

也是呕吐出去的远景上的黑点

圆滑的格调使你离远景更远

卑贱的事物也有不可收买的部分

我只是比你多了一声呼喊

即使没有一只永恒不变的耳朵听见

一直不能改变的事实——

为了保证你的恒温

整个春天总是向你的好胃口牺牲色相

2017年2月25日

地平线

一部电影寻找一支歌
——东尼加列夫吉卜赛电影《只爱陌生人》

泥泞撑满春末,融雪
空酒瓶,陌生人的笑。
无端被捕的儿子
押向城镇。而他
逃离,她们纷纷
逃离被提审的身份

住在动物和人类之间,
不能请求凭双手
劳动,只被允许
用双脚走路。

Nora Luka,唱歌的老女人
声线织进一只昏睡的蜘蛛。
沙哑、艰涩,像黄昏
吞吃着树林和水边泥地

2017年6月14日

变慢又变快的时间

第三辑 —— 山海微光

我们继承下来的事物

都具有相似的功能

让时间变慢，或让时间变快

通过食道和气管的烟囱

辣椒让时间变快，烟草让时间变慢

"时间是永恒的形象"[①]

可是"鞋子合适的时候，

脚被忘却了"[②]

时间也在一支舞蹈中变慢又变快

萨乐美向得到快乐的希律王

求索一个首级。如果给

施洗约翰设置一份遗言，当如下：

---

① 博尔赫斯句

② 奥修

地平线

把我关在里面,我在里面

你们穿上树木、石头、流水

这些无法分辨自身的外衣。

我是来探监的,并不

领有万物的释放令。

2017年7月7日

七月

七月托住腰部,不让
一年时光轻易都漏尽了
几枚针在空中悬浮
寻找可以刺探的空腔

庞大的数量很多时候都能显出优势
如同空地年复一年围剿森林

夏天又到了,我们一个个
白得像剥了皮的荸荠——
请接受必死的秘密
请爱,这琐碎的不朽

2017年7月7日

求祝
——电影《国王的选择》

<small>地平线</small>

需要一个国王来为持久定调

需要一个神灵在别处预备希望

愿风雪索回长夜

天空索回湛蓝的宁静

愿我的记忆像苔藓漫过岩石

不遗漏任何一人

2017年9月5日

变化

哀伤找到了我
这个它熟悉的身体。
但是总有点儿不妥,已经
过去了四年、十年,或者二十年
这具曾和它匹配的身体
这个任由它驰骋的原野

哀伤找到了我,现在
它要减少一点儿剂量。
以便和他的胡须、保暖夹克
接受或回馈他人礼貌性的问候
蜂蜜,和扎心的蜂群
显得更相称一些

2018年3月31日

地平线 **在湖滨**

树木使用相似的季节
带回一轮新叶,我竭力
挽留过它们,那些曲折的闪光。

我们假设一个款式相似
质地却完全不同的希望。
如同柳条把低语送往湖面
死去的部分,不是落叶
是没有目的的挖掘。

自然也在享用我们,把人
圈进湖水和落日的怀抱。
庙宇不传递使人愉快的话语,
只晾晒从大地收上来的茎叶。

2018年3月30日

距离

那里会有许多夏天的早晨
当六月的黎明在头顶醒来
我想躲开危险的蓝色
那彻底的,直上直下的覆盖

我害怕这些包围过来的风景
没有适当的词语喂给它们
树根攥紧又松开的土壤
这些窃窃私语的邻居

我不确定是否爱过一个女人
我爱她们身上藏着的姐妹
 "我借白云说出的话,泥土会收回它"
而海永远吸引我们,它是不可分割、
辩驳的巨大的数目。
这一个身体,附加之上的
微不足道的教育、学识、
经验过的褴褛的人间

地平线

我把我压制得太久,
从未发出人一样的笑声。

在这张桌子上,我拥有想要的一切
所有的写作都是倒叙——
而机智的话语,它在对付
不是消化来到面前的世界

2017 年 12 月 12 日

凉意

傍晚的凉意,没有来由
如同早晨的温暖,也没有来由
挡在我,这一天的路上。

我,一个人类
没有来由地,挡在
植物前进的路上
它们要走下去,还有千万年

岩石挡在,植物前进的路上
它们凝结又粉碎,要走下去
还有亿万年

岩浆挡在,岩石前进的路上
它们把所知的一切,点燃
要走下去,还有亿亿万年

岩浆

地平线

挡在光前进的路上

它们都被吞没

然后,制造出暗

那里有一个新的思索开始

2018年3月23日

河水流

下了大巴,我们坐上
机船。马达带动它们
在陆上也在水上行走。
右岸伸向湿地,绿得
荒唐而满足。河道拐角
涌出埠头,洗衣槌声撼着河面。
一个男人把一桶水挑往家中,
电鱼和摸螺蛳的人,
已经消失。
河水的力气快用完了,
一匹连悲悼都失去的白布。
还有鸥鸟在飞,
这些低地反射给天空的光芒。
我喜爱它们脱落的羽毛,
却对一个活的飞翔仍然陌生。

2018 年 4 月 16 日

盲歌手阿莫斯·巴蒂

不,黑的,全是黑的。
我知道你在,我看不见你,
我看见家具的气味,妈妈
裙角和地板磨擦的声音。

不,妈妈
我会像一滴泪在牛奶里消失,
我里面是黑,外面全是白色。

他们叫我白痴,
我是一卷空录音带。
他们冲浪,我越过一座山
 "他们骑马,我要骑上老虎。"

妈妈,我再也看不见太阳
也无法跟上你的影子。
我在,我在黑色的牢里,
它是一个人的门。

2018年5月15日

西行

在西安,我属土

兵马俑和碑林的黑色还能镇住我们

从兰州到拉萨,一路引体向上

牦牛和羊都把头低下去低下去

路两边不知名的花草摇摆

不知道绿从何来,红从何来

要借一款软件喊出它的本名

也可以用它扫描人脸

会识别成文竹或山荷叶或

每个人的面孔下

都暗藏了植物人的潜质

从辩经中脱身的僧人

掏出手机打给

一个跫音相闻的平行世界

他信任的事物中,不包括人类

2018 年 12 月 3 日

地平线
——读布鲁门贝格

要经过怎样的劳作,
才将一个陌生的世界变为熟知。
死亡磨透的夜,骄傲的甜根
还没有从酒杯中长出。
地平线没有颤抖成嘴唇,
语言还没有派生、用坏,
飞去来器都还能回到手中。

晦暗还没有从流沙中苏醒
甚至连名字还未从岩石中取出
没有一周七日没有十二个月份,
爱和智慧还未发明,关于众神的戏剧
还没有变成脸上的表情。
雪花脆弱的六角只覆盖不传递——
一个古老的变形,要等待数千年
从百合转变成玫瑰,转变成莲花;
没有很多来路,供他们选择最短的那条

从羞涩的洞穴中出来,他们语无伦次
还没有提出适当的问题;前去的目的地
还没有解释成下降的阶梯;
阳光没有流溢出影子,
还没有足够的筹码签署博士的约定;
没有一个旧日的枷锁供他们锻出新生
拣选过万物的心,仍要轻于一根羽毛。

宴席还未开吃,不需要考虑缺席者
这枚果子摘得太快,甚至还来不及成熟。

2018 年 12 月 10 日

雪

地平线

一年以成片的绿色出现
而以白色的碎片结束
这些城邦和疆域的收集者
扑向并献给码头、隧道、航站

互相依偎的没有尽头的病人
它要上升,然后下降
经历可见世界的全部形态
从顺服变得刚硬变得无所用心

雪与雪后的黑暗
——生命与它的反面
好奇与厌倦,小小的死亡练习
它们消逝,把暗礁留在我们身上。

2018年12月29日

去往

每一个平静的白昼
都是他人猝不及防的末日
淅淅沥沥的雨和黑的树枝
江南的草书纷纷而来下

去往和回返的,不是
我的田,我的城。每粒
尘埃都有细小的目的
面目不清的脸转向
一朵花还是一个春天

"通过特洛伊
和迦太基的毁灭去爱"①
没有一座木马之城在面前
雄踞高天又颓然倒下。

---

①薇伊诗句

地平线

我怀念过许多不属于此地的

日日夜夜,愤怒和惊奇没有结成

奥德修斯之筏,俄狄甫斯

穷尽眼目只识得目中无人。

2019 年 3 月 14 日

岛

开口,就是一座岛

没有什么正在诞生或毁弃。

大海升起又落下,松软

的弹奏,创造之手的余波。

美的形体从泡沫中归来

邀请我们加入远山、

雾桥,彩绘民宿外墙;

离开四肢触地的兽类,又远非神灵

一些欠缺已经发生了——

不知之云①在你我头顶徘徊。

2019年5月24日

---

① 十三、十四世纪一本小书之名

惶惑

<small>地平线</small>

浪头和前一个浪头
几乎没有区别。
惨白攒动的脸,一次次
提醒我们,只是凡夫俗子深陷
每一个平常的日子,像
旧衣服上发白的钮扣。

海就在那里,比我们
更晚睡去更早醒来。
或者一直在那里
既没有睡去也没有醒来。
不会喊疼不会求生,不会
晚一些也不会早一些到达,
太阳晒不暖它,陆地至此屈膝。
没有别的变灰变蓝的天空
没有别的讲述,别的窗户
只有名字,和挂在名字下的事件
已经发生还将发生在无人居住的星球上。

2019年9月25日

这一天

这一天到来,被宽恕的光

推开铁卷门、玻璃移门、木门

露出手机店、理发店、小餐馆

时间不计量毁灭,也不安排奔驰的命运。

我们是码头、廊桥、祠堂

飞驰而过高铁身下的轨道

你明明是万物的种子,

却长成有眼有鼻的模样。

头上有意无意经过的云朵

下午三点被一半阴影带走的街道

冲床秒针一样落在

没有预备也永不会预备好的表盘上

没有曲意逢迎也不自行其是。

这暗藏着的小小秩序,

我渴望说出,更渴望对它进行修正。

2019年10月3日

地平线 **修辞的种种可能**

泰德·休斯和西尔维亚·普拉斯

隔着把食物递过餐桌的距离；

铁锨下翻掘温热泥炭的希尼和

重新排列星相的 W.B. 叶芝，存在

旅行者号能否到达陌生星系的问题；

老死克拉科夫从来不是一个问题，

辛波斯卡和米沃什，隔着

智力的回马枪、语言的

迷幻杂技场和一个摩尼教执念

谈论西蒙娜·薇依

总会变成西蒙娜·德·波伏娃

一片无知无觉的草需要

一阵莫名其妙的风带领

花朵无数次站上枝头，只待

新的手段摘下。最后

无论生活如何不堪

总要继承对不能左右之事物的热爱

总要在发令枪响的那刻,喊出 go on,go on

2019 年 11 月 2 日

地平线

他

他被遣入世界,

被允许以木匠的身份承载一具身体。

他有了一张嘴可以说话,

一个风穿堂而过的峡谷。

他像人一样犯错、发怒,以便死去

以示范从当铺赎回很多年前抵押的珍宝。

它曾被身体、语言、思想和

生活的冲积平原层层覆盖。

他带着否定来的,不驱使朽木开花,

不从关门闭户的石头中取水。

他被出卖,以再次完成分离

——将借来的身体还给大地。

他被两个世界撕扯

所以张开双手。

一座界碑,钉在

可见与不可见世界的中间。

2020年6月30日

无数天中的一天

炎热和静止,统治着乡村。
我离开城市像鸟飞离镜子
一个轻佻的修辞,暂时
告别地面,容许栖身的房屋、公路。
看不见的潮汐,牵引我们
从草本到木本植物
的梯子上上下下。

涌浪和飞沫,那些
在别处消失,又加入
我的成分,一辆暗处开行的
不具名列车。聚拢又离散的
族群,焕发又枯萎的
万千枝叶。我的来处和去处
我的父亲和儿子们。

花叶飘落,燕子南迁北飞
我真的理解了它们,还是

地平线

被邀请暂时停留在羽翼扇动的一瞬。

我说出飞花和燕子,这是真的

这里仅有的一切。春天来了又去,

从不出声。一条河开始奔流,

我遇上了它的汹涌。

2020年11月6日

常念

第三辑 —— 山海微光

买的书多,读得

却越来越少。一个层累叠架

的世界,越是趋近,地平线远远后退。

少年时在餐桌上就发现大海

血蚶、蛏蜅、章鱼、紫菜

在沸水里恢复鲜味,一些海生动物

进化成一根仅用来消化的肠道

那么多形体和色彩都与它无关

凭见微知著的触觉活上千年万年。

生长在海边,我也从未吃过

鲸肉——海洋秘密的私生子

没有回声的黑洞。

据说从耳屎就能读出它的年龄

南北往返的两季在内耳形成一圈

油脂的闭环,而树木无需移动

也能获得这种天赐的印记

我们度过的年岁早已被暗中记录

地平线　而所有脱离肉身的非分之想
　　　　都被重力拉近地面

2021年2月2日

从一棵果树开始

不知善恶,也没有羞耻

但它们对无止境地杂耍

取悦主人感到厌倦

它们吃下果子

十八世纪它们再一次吃下果子

它们太聪明了。聪明地

分辨善恶,就像分辨海水中

不同浓度的盐分

不要把音乐厅的指挥棒递给猴子

不要把枪弹塞给野蛮人

2021年6月5日

病和药

地平线

余华在一个采访上说,写作就是回乡
观众点头。他们心照不宣共谋
在相似发音和文字背后,找到了
各自不同的开阔地,水井或者阳台。
我转发《疼痛的文化简史》,
有人说萨特写过疼痛的现象学。
收拾房间,滚落许多药片
胶囊、片剂、冲剂、膏剂
管制已知的恶。它们要对付的病
早已消失,而我知道
身体里还有很多按不住的瓢。
救命和送命的药都来自发明或发现
病和药存入身体的户头,看谁先一步消失。
药把人留住,病把人暂时或永久
带离世界。谁阻止了谁?
谁阻止了回乡,谁又生成记忆?
寓言从未展开它的黑袍,却留下病与药的寓意。

2022年4月19日

为了

为了海上一排排永久沉默的无形墓碑

他们怀揣热情出发,忘记了返回;

为了造物的多样将磐石破碎成沙粒

并裹挟成一整个沙漠盲目地流动像一个狡辩;

为了修辞的积分学竭尽未知穹庐的徒劳努力,

为了众神将无限微分给我们的每一个昼与夜;

(他们从生成中得到供养)

为了一块禁地,它把风声和足迹都收归己有

并允许我无论长短都名之为一生缓慢的死亡。

为了野花每年照常睁开相识的眼睑

无数种可能坍缩成这一刻

我经过它们,无论拥有或被拥有。

2022年4月20日

第四辑

时间节度使

175 — 184

时间节度使

一

如此广阔的面积,看不见
时间的尾梢,它容纳
朝气初升、颠顸和颓然老去。
隧道穿越丘陵的针眼,无限增值
的建筑学远景,《约伯记》忍受了
发育不全工业小镇的灰尘。
安静的世界,没有踉跄的世界
没有结巴的呼吸让人不安

二

走街串巷的发廊
窃取地方名义。身体的
每一次起伏,打开
通向三线城市的隐秘小径。

地平线

多子,少地。饥饿派遣的大军
修补内陆城市的边角新闻。
又以序号登陆他乡,习惯
用元音结束问候的国度。
宗谱上无人领取的名字,薄薄的
唇语震颤出一个个男丁。而女人们
自备降落伞,把故乡挑在肩上
她们在哪儿降落,就在哪儿
盖上跨姓氏的骑缝章。

三

第三天,已开始消退
礁石、水草和惊慌的甲壳类都露了出来。
没有鸽子,只是喜鹊
这只凭名字让人心生欢喜的鸟。

波浪说着另一种语言
用废旧塑料、编织物、木片
在两个潮汐之间的喘息

河运送砂砾前往大海

每一粒拖着一座山岳

四

每一天又所有的日子,

生生不息又循环不已。

他们深谙万物皆流

不愿择枝筑巢,像鸟雀

从一个枝头跃向另一个枝头。

八哥使用很多种声音,

没有一种说出它自己。

五

冬天,忙着发黑的树

这些跪服的膝盖,在原地

推动石磨转圈太久,

已忘记曾以卑贱领受赞许。

地平线

我们到了,看见礁石和浪

远处的洋面,倒置的深渊

哪一副面孔是我们的本意?

镣铐般的海岸,窗和门户曾长久地向内

向外凝视,从灰黑的大地脱落。

六

水从土地上流去,

变了面貌再流一次。

对着此世的事物哭泣,

没有目的,也不识路途。

比喻也即真实。只有身体

和身体的分支,他们不知

自己是谁,也不晓得为何停留。

只说归途,不说归向何处

只说道旁草叶明亮,花枝远飏

七

你在别处已经结束,像影片
末尾致谢的演员表。这个
微型省份,被丘陵、低地
和海边水凼占据,海开动
硕大的油印机,反复印刷
它自己的历史,限于
它自己的浅滩。水在
陆海之间来回搬运,
都想从对方身上认出家乡。
沉默之物等待存在之链
来贯穿它们,又悲哀又欣喜。
以甜为饵,蜜蜂穿上环纹囚衣
你和我,被无端邀请的旁观者
观看无穷尽的同义反复。时刻
被不认识的事物追债,一些暗涌。
从另一块土地到这块土地,慌乱
把我们驱向荒年。我们谈到上苍,
像一本混乱的账目借助
一个不存在的审计员。

八

树木站在绿色的尽头,像一个

从不愤怒的囚犯。蛮力

召唤出世界,又持续地

曲解它。我最珍贵的部分,

来自被栽种在这块土地之前,

那些仿佛毫无意义,在

各个大陆之间吹刮的风。

我的脚像树根,被沙石深深围困。

为了起源,必须挣脱身体

——纤维的束缚。为了更持久的防风林

成为风的一部分。

九

我使用中文,我是球手

更是那无来由的力和奔向远方的球。

我们不是惊奇本身,是惊奇结果

不是水漂划出的弧线,是飞溅的结果。

山林之外,无措的平原还是更深广的山峦

越过城邦、民族、人种的藩篱

余波到达我的身上,从古老的

乱石丛生处自然发动的秩序

从石础、梁木、滩涂向我涌来

在时间偶然的下陷处,成熟为新的童年。

2021年8月8日

风景

代后记

被命运投向人间,固定这根直线的是生与死两个没有外延的黑点,而我在人间晃荡的斤两从没有被脚下的地面注意到。外部世界有时就像穿着透明睡裙,一片鱼缸中摇晃的模糊液体。大多数时间,我都在利马综合征和斯德哥尔摩综合征之间摇摆,陷入随意揉搓这团未成形的烟火和言说的狂欢中,或者被自身的焦虑和偶尔明朗的天气说服。

实际上,我一直和外部世界,或者称之为风景的这个空间存在疏离。我曾在低于一张桌子的水平仰望过它们，而从十几岁开始蹿高的身体却一直跟不上城市楼群拔节的速度，而当它回望农村，却遽然有了俯视的优势。

最初的风景，我出生于其中的这些靠着小工场苟活一气的村镇，它们往往要接近午夜才停下车床循环往复的动作。它们静下来的时刻，仍像听着一个无声的指挥，随时准备点起火把去捉一个在时间中玲珑得失去身影的贼。

这些村镇错落于被称为丘陵的地带，它们在夜里都在下坠，只在熹微一刻显露些许轻捷。一旦人声涌现，所有的静物都被赶着运动起来，一座座被时间抽打着向南、向着海赶下去的，在小小的山体内部自旋的丘陵。

在白的云和黑的土夹击下，带着内部不为人察觉的隐秘爆裂，人和事终将在时间逐渐凝聚成形的某一景致中找到妥当的安置。但人类的圈层只局限于从脚背到头顶的两三米之间，在这之上的鸟类滑行于无限的自由，之下的爬行动物与昆虫也有坚实的地面可以依托，从自然中争夺来的风景几乎都只有这两界生物与游人随行，除了几千年前已经收藏起爪子与利齿向人类投诚的猫狗。在鸟类眼里，我们或许是一些无限移动的彩色光斑，走到夜色降临才恢复沉默的本质。

很多时候我们看不透风景真正的内容,它们用了大同小异或险峻或开阔的面貌开篇,采用外观类似的庙宇、山道、传说、景点命名来讲相似的变迁,偶尔惊鸿一瞥也像在一篇闷葫芦文章中看到的让人小小惊喜的修辞。抱着在旅行中发现自己的看法更是可疑,风景扑面而来,但你的脚总是不失时机提醒自己,你不属于这儿。天际线下所有无动于衷的风景都在告诉你,它只是暂时接待了你,随后就会把你逐向归途。即使有那么一会儿你觉得发现了自己,也是在巨大无匹的时间和空间逼视下,所有作为人身装饰的蜡像般的皮壳逐渐融化、崩溃,不得不乖乖做回一个有限的生物。

但没有一个人会在风景面前变得自卑,仿佛对于这些在时间中存活更久的物件,我们拥有天然的优势。这是动物对于植物的优势,动对于静的优势。如此说来,每秒扑闪翅膀15—80次的蜂鸟和飞奔于水面的耶稣蜥蜴具有物种上的天然优势。我偶尔听到应该在山水面前谦卑的说法,这种情况通常不是面对真的山水,而是围绕现代印刷术生产的古籍的替身展开的修辞剧本,语言的修辞术令人迷醉!或者会听到应该无言、沉默、冥想、转身,面对山水我确实是无言的,因为无从说起或者恐惧。我没有应对这种光靠明暗就变化出无穷层次的路径，我的眼睛和手机都具有自动对焦的功能，而它们拒绝散点透视。

风景的呈现当然需要被看见，无论踟蹰、进退、盘旋、虬结、下沉，我的困境在于，既找不到一个足够可靠的现代支点，去回望过去这些无穷无尽的山林，又没有足够的依据说服这些无声的匍匐者。

最终的风景还是要回转到眼前这座小镇。小时候我一直痴迷于电工，几乎徒手爬上光滑的水泥电线杆。在那个电力供应不稳的年代，放到兴头上的电视常常"啪"的一声中断，运动着的画面像猫的瞳倏忽收成一线消逝，整座镇子在一片呜咽声中暗了下来。那些夜晚我们剩下能做的就是挑弄蜡烛芯，或者披上被单领着墙上的影子打仗。第二天就有几个穿着半旧工作服的人慢悠悠穿过街道，在某根电杆前停下，从包里扯出几样简陋的工具，一根可供一人踩踏的横木系着小臂粗的麻绳——形似一张弦已塌下去的弓。他们把"弓"弦拉开，往电杆上一扣，然后交替使用两张"弓"，就这样噌噌噌爬了上去，而电杆是那支永远不动的箭。

因为地理空间既定，心灵也不再指向发现和创造，而是醉心于对实景的羽化并赋予超拔。因此怎么写似乎比写什么重要,这是永滞的青春期特征。或者可以换一种说法,理性的建构努力因先天性阻绝而为文学选项留出空间——好奇而不得其解产生隐喻。我似乎一直在寻找一面镜子,一面映照自我的镜子和它的秘密——而镜子的秘密就是不能被打破。

"所有存在的事物都有蕾丝的图案:冬天的枯枝、天上的云朵、微风吹动时泛起波纹的水面"。我承认只是被这样的名字吸引——《蕾丝占卜者》《试论疲倦》《三形的普洛特诺尼亚》。或许我们充其量只是自然生长出来的假肢或写错的代码——错误产生灵魂,而擦除之手一直按在键盘上。

2023 年于场桥删改

图书在版编目（CIP）数据

地平线 / 郑仁光著 . -- 北京：台海出版社，2024.
8. -- ISBN 978-7-5168-3976-8

Ⅰ . I227

中国国家版本馆 CIP 数据核字第 20245WL447 号

地平线

著　　者：	郑仁光
责任编辑：	俞滟荣
出版发行：	台海出版社
地　　址：	北京市东城区景山东街 20 号　　邮政编码：100009
电　　话：	010-64041652（发行，邮购）
传　　真：	010-84045799（总编室）
网　　址：	www.taimeng.org.cn/thcbs/default.htm
E - mail：	thcbs@126.com
经　　销：	全国各地新华书店
印　　刷：	北京精彩世纪印刷科技有限公司

本书如有破损、缺页、装订错误，请与本社联系调换

开　　本：	889 毫米 ×1194 毫米	1/32	
字　　数：	118 千字	印　　张：	6.75
版　　次：	2024 年 8 月第 1 版	印　　次：	2024 年 8 月第 1 次印刷
书　　号：	ISBN 978-7-5168-3976-8		
定　　价：	68.00 元		

版权所有　　翻印必究